I0686234

MES LOISIRS

AUX

EAUX DE VICHY.

(SUITE).

Vichy, juin 1862.

A Vichy, ne sachant que faire,
Quand vient une heure après midi,
Je me mets à mon secrétaire
Et j'écris les vers que voici ;
Je sais qu'ils ont peu de mérite
Qu'ils ne seront pas immortels,
Ce sont les vers d'un pauvre Ermite
Il vous les offre tels et quels.

CAUSERIE.

—

I.

Cher lecteur, aimable lectrice,
De causer vous me permettrez,
C'est une lubie, un caprice,
Ce sera ce que vous voudrez.
Mais enfin, il faut que je cause ;
Si vous me demandez pourquoi ?
Je n'en dirai rien, et pour cause ;
Vous n'en sauriez pas plus que moi.
Ayant fait ma philosophie,
Je peux causer un peu de tout,
D'histoire et de géographie
A vous faire dormir debout ;
Des modes, de la politique,
Des revenants et des bandits,
De poésie et de musique,
Des romanciers grands et petits ;
Je peux, pour plaire aux demoiselles,
Parler maris, bijoux, dentelles ;

Si l'on me traite de bavard
On aura raison par hasard.

La plus douce des causeries
Sans doute est celle des amants,
Ils parlent de leurs rêveries,
De leurs plaisirs, de leurs tourments ;
C'est une sorte de délire
Qui règne dans cet entretien,
On y balbutie, on soupire,
On a tant de choses à dire
Que bien souvent on ne dit rien.
L'amour, d'après ce qu'on assure,
Car j'ignore la vérité,
Est un sentiment de nature
A vous rendre un homme hébété ;
Sexe charmant, dans vos conquêtes
Méfiez-vous des gens d'esprit ;
Plus vos soupirants seront bêtes,
Plus accordez-leur de crédit.
Mais celui qui par son ramage
Et son éternel verbiage,
Vous assommera nuit et jour
De ses ardents transports d'amour,
Qui vient vous dire : que la flamme
Qui dévore et brûle son âme

Est pareille au feu d'un volcan,
Fuyez, fuyez, ce charlatan !
Si, parlant de votre figure,
Des grâces de votre tournure,
Un autre dit : que dans vos yeux
Brillent les étoiles des cieux,
Celui-là ne sait rien de mieux.
Ceux-ci chanteront leur tendresse
Sur un ton grossier ou bourru ;
Ceux-là pleurnicheront sans cesse,
C'est encore un genre reçu.
De mille attraits, vous êtes riche,
D'autres vous diront bêtement
Que vous avez un pied de biche,
L'œil fascinateur du serpent ;
Que, par une faveur insigne,
Vous possédez un cou de cygne,
La souplesse du léopard,
Et la finesse du renard,
De la guêpe, la taille fine,
La blancheur de la blanche hermine.
Le sens de ces jolis tableaux,
Ne cherchez pas trop à comprendre,
On vous compare, à s'y méprendre,
A toute sorte d'animaux.
Préférant la Mythologie,

Nos anciens, plus ingénieux,
S'ils faisaient de l'analogie,
C'était toujours avec les Dieux.
Ils vous comparaient à l'Aurore ;
Si vous dansiez, à Terpsichore ;
A Vénus, pour la volupté ;
A Diane, pour la chasteté ;
A Minerve, pour la sagesse,
Ou bien à toute autre déesse.
Dans leurs amours, nos bons aïeux
Etaient polis et gracieux ;
Ils ne parlaient pas de leurs flammes
En fumant sous le nez des femmes,
Comme aujourd'hui font les amants
Qui se piquent d'être galants.
Dans les champs, ainsi qu'au village,
On a vu de futurs conjoints
Préluder à leur mariage
Par un amour à coups de poings.
Sexe enchanteur, moi qui vous aime,
Je vous le dis tout simplement,
Sans pousser la chose à l'extrême,
Je vous aime sincèrement.
A mes yeux, toute femme est belle ;
Elle a le cœur bon, généreux,
Elle est aussi tendre et fidèle,

Et je me croirais trop heureux,
Si d'un regard ou d'un sourire,
Quelqu'une daignait m'honorer ;
Avec l'ardeur qu'amour inspire
Je serais prêt à l'adorer.

II.

Que de nullités dans ce monde,
Et que des sots, l'espèce abonde !
Cependant les sots ne sont pas
Ceux dont on fait le moins de cas.
J'en sais plusieurs, je vous assure,
Qui font une belle figure,
Dont l'orgueilleuse vanité
Egale la servilité.
Je vous dis ceci pour mémoire,
Car si l'on s'amusait à feuilleter l'histoire
De certains parvenus entichés de leur rang,
On y trouverait peu de gloire
Et beaucoup de pages en blanc.
Mais ce n'est pas là ma partie,
Pardonnez-moi cette sortie.

Bien heureux les pauvres d'esprit,
Ils auront le Ciel, c'est écrit ;

Nul doute, le fait est notoire,
Il faut s'incliner et le croire ;
Pour Messieurs les savants, tant pis !
Ils n'iront pas en Paradis.
Je sais bien que dans cette vie,
S'ils sont de quelque Académie,
Ils ont un brevet d'immortels,
Et qu'on les traite comme tels.
Aussi je ne suis point en peine
Sur leur résidence prochaine.
Oh ! les Académiciens !
Voilà matière à causerie ;
Tout petit pays a les siens.
En Province une Académie
Est une docte confrérie
Célèbre par ses entretiens.
Chacun doit dire quelque chose,
On y lit des vers, de la prose,
On encense le président,
Qui flagorne le secrétaire,
Celui-ci fait un compliment
A chaque membre, son confrère,
Et tout le monde est bien content.
Je ne parle pas des bévues
Qui se commettent quelquefois,
Quand dans les sphères peu connues

Nos savants dirigent leurs choix.
Les uns, c'est la géologie ;
Les autres, l'archéologie ;
Vous allez voir ce qui s'en suit.
Un jour, un membre fort instruit
A pris pour un débris d'amphore
Que des fouilles ont fait éclore,
Une anse d'un meuble de nuit.
Je n'en dirai pas davantage,
Je craindrais de me mettre à dos
Tout l'orgueilleux aréopage,
Qui m'accablerait de gros mots.
Cependant il faut que je cause,
Je vais vous narrer autre chose ;
Ce sont des contes de curés,
Hommes par moi tous vénérés.
Rassurez-vous, soyez sans crainte,
Je ne veux point porter atteinte
A leur considération,
Pas plus qu'à la religion.
Voici quelques historiettes
Toutes naïves et simplettes,
Que j'ai prises par ci, par là ;
Honni soit qui mal pensera.

III.

Le curé d'un petit village,
Providence des malheureux,
Homme déjà d'un certain âge,
Aussi modeste que pieux,
Etait adoré de ses ouailles,
Qui lui portaient gibier, volailles,
Les légumes du potager,
Et les plus beaux fruits du verger.
Aussi quelle sollicitude
Il avait pour ces bonnes gens ;
Par sa douce mansuétude,
Par ses conseils intelligents,
Il les guidait dans cette vie
Où les écueils sont si nombreux !
Jamais le serpent de l'envie
Ne mordit leurs cœurs généreux.
Il leur recommandait sans cesse
L'union et la charité,
Il demandait à la richesse
Pour donner à la pauvreté.
Imitant de Dieu la clémence
Il ne damnait pas les humains,
Au tribunal de pénitence

Il ignorait où l'innocence
Pendant la nuit tenait ses mains.
Il était simple en son langage,
N'y mêlant jamais du latin ;
On le comprenait au village,
Et ne prêchait jamais en vain.
Il semait sur un sol fertile,
Sans ostentation, sans bruit,
Les préceptes de l'Evangile
Dont le bonheur était le fruit.
J'arrive à mon historiette ;
Bien peu de chose en vérité
Qui prouvera, je le répète,
Où jusques allait la bonté
De cet homme si regretté.

C'était un jour de jeûne et de ténèbres
Jour de commémoration,
Un jour où la religion
Se couvre de voiles funèbres,
Pour nous dire la passion
D'un Dieu mourant sur le Calvaire
Pour les crimes du genre humain.
Animé de l'esprit divin,
Notre bon curé monte en chaire ;
Et, devant ses paroissiens,

Accourus tous en bons chrétiens,
Sur un ton triste et lamentable
Il dit l'histoire épouvantable
De ce jour d'horreur et de deuil,
Qui fait venir la chair de poule
A l'avide et pieuse foule,
Qui l'écoute la larme à l'œil.
Il dit d'un Dieu le sacrifice,
Il dépeint son cruel supplice ;
Et puis d'une stridente voix,
Flétrissant cet horrible crime
D'un geste éloquent et sublime,
Il leur montre Jésus en croix.
Alors que de larmes coulèrent,
Et que de sanglots éclatèrent !
C'était la désolation :
L'histoire de la passion
En nul endroit n'avait peut-être
Produit un si navrant effet.
Ce que voyant, notre bon prêtre,
Tout confus, avait le regret
D'avoir par sa sombre éloquence
Plongé toute son assistance
Dans une pareille douleur,
(Cher homme, il avait si bon cœur).
« Allons, allons, dit-il, mes frères,

« Ne vous chagrinez pas ainsi ;
« La passion et ses mystères
« Sont déjà bien vieux, Dieu merci ;
« Allons, dissipez vos alarmes,
« Ne laissez plus couler vos larmes,
« Ou moi je vais pleurer aussi.
« Mes amis, combien je regrette
« D'avoir produit un tel effet,
« Ce désespoir qui m'inquiète
« Sans doute est digne du sujet ;
« Mais c'est si vieux, je le répète,
« Sans que le fait soit contesté,
« Peut-on savoir toute la vérité ? »

IV.

Un abbé de noble tournure,
Jeune, coquet, charmant,
D'une belle figure,
Se trouvait, par un changement,
Recteur d'une petite cure.
Son évêque, pour le punir,
L'avait exilé de la ville.
Brisant ainsi son avenir
Pour un motif assez futile,
D'après tout ce qu'il répondait

Lorsque quelqu'un le pourquoi demandait.

D'ailleurs, ce n'est pas notre affaire,
L'évêque avait raison ou tort,
Le curé subissait son sort.

Dans ce cas, il vaut mieux se taire ;
Notre gentil abbé pourtant,
N'avait pas le cœur trop content,
D'habiter un petit village
Où l'ennui consumait ses jours ;
Avec ses talents et son âge ;
D'être obligé de vivre avec des ours.
On le voyait triste et mélancolique
Se promener toujours seul dans les bois,
Lisant beaucoup, s'occupant de musique,
Et faisant des vers quelquefois.

Pour ses paroissiens en masse
Il avait un profond mépris,
Il les trouvait d'une ignorance crasse
Et des gens grossiers, mal appris.

Des devoirs de son ministère
Ne faisant que ce qu'il fallait ;
Dans son modeste presbytère
Pour le voir, personne n'allait.
Aussi l'on se plaignait sans cesse,
On demandait son changement ;
Il ne grondait pas à confesse,

Il ne chantait pas à la messe,
Encor moins à l'enterrement.
C'était un tort assurément ;
Mais moi je dis tout bonnement
Que c'était une maladresse ;
Ne pas chanter près d'un cercueil,
Lorsque la famille est en deuil !
C'est manquer à l'ancien usage,
De tout temps si cher au village.
Pourquoi, disaient ces bons chrétiens,
Nous enterrer comme des chiens.
Ils auraient bientôt pris les armes ;
Les dévotes versaient des larmes,
Les marguilliers, les pénitents
Etaient vexés et mécontents.
L'indifférence sans pareille
Qu'il montrait pour tous ces propos
Qui bourdonnaient à son oreille,
Finissait par lui mettre à dos
La population entière ;
Il daigna s'en apercevoir
Et dut plus tard s'en émouvoir ;
Avec son humeur rancunière
Il jura qu'il s'en vengerait.
Un jour qu'en chaire il pérorait :
« A propos, dit-il, mes chers frères,

« N'est-il pas vrai, soyez sincères,

« Que l'on se plaint amèrement

« Que je ne chante nullement,

« Quand je fais un enterrement?

« C'est bien à tort que l'on me fait la guerre.

« Si, par un bien heureux trépas,

« Je pouvais tous vous mettre en terre,

« Ah ! vous verriez si je ne chante pas. »

V.

Dans un obscur petit village

Qui se trouve au milieu des bois,

Dans un pays triste et sauvage

Dont messieurs les loups ont fait choix

Pour se livrer à leurs exploits,

Habitait notre personnage.

C'était un lourdaud tonsuré,

Qui n'avait jamais rien pu faire

Quand il était au séminaire ;

On en fit un pauvre curé.

Pauvre est le mot, je vous assure,

Dans cette misérable cure

A peine il pouvait se nourrir,

Sans espoir d'un autre avenir ;

Sa paroisse comptait cent âmes,

Y compris les enfants, les femmes.
Or, comment vivre de l'autel
Quand on n'a pas de casuel !
Heureusement pour le cher homme,
Qu'un marquis, riche gentilhomme,
Venait passer trois mois d'été
Dans la vaste propriété
Qu'il possédait près du village ;
Où, suivant un ancien usage,
Le pasteur était invité.
Ce seigneur avait femme et fille,
Riches de vertus et d'appas,
Le curé dans cette famille
Prenait tous les jours ses repas,
Il oubliait dans l'abondance
Neuf mois de pénible abstinence.
La marquise, ange de bonté,
De douceur et de charité,
Allait visiter la chaumière
Où le pauvre la bénissait ;
Tout le monde la chérissait,
Parce qu'elle n'était pas fière.
Certain dimanche, qu'au sermon,
Du chatelain la compagnie
Dans l'église était réunie,
Pour ouïr le pauvre garçon,

Qui n'était pas un Massillon,
Celui-ci, fier de l'assistance,
Avec orgueil se rengorgea,
Et bravement il pataugea,
Malgré ses efforts d'éloquence.
Pour son thème il avait fait choix
Des grandes vertus de Marie,
Qui mit au monde le Messie,
Mort pour nos crimes sur la croix.
Il dit que jamais nulle femme,
N'arriverait à sa hauteur,
Par la beauté, par la pudeur,
Ni par les trésors de son âme.
Enfin pour clore son sujet
Par une phrase à grand effet :
« Voyez, dit-il, cette marquise
« Dont le cœur est si généreux,
« Qui vous donnerait sa chemise
« Pour soulager un malheureux !
« Eh bien ! cette dame divine
« Qui possède tant de vertus,
« N'est qu'une affreuse gourgandine
« Près de la Mère de Jésus. »

—

VI.

D'un autre curé de village
Je vais vous causer maintenant,
Celui-ci, sans être savant,
Etait, dit-on, un peu gourmand ;
Son menton avait triple étage,
Son teint était frais et vermeil ;
Avec un ventre respectable,
Tous les jours en sortant de table
Il dormait d'un profond sommeil ;
En paix avec sa conscience,
Il avait l'air calme et serein,
Il ne prêchait pas l'abstinence ;
Lorsque l'on a le ventre plein
A l'indulgence on est enclin.
La cuisine du presbytère
Se trouvait derrière la chaire,
D'où par un trou fait au panneau
Il avait l'œil sur son fourneau ;
Un jour qu'il lançait l'anathème
Sur ceux qui volent le prochain,
On le vit s'arrêter soudain
Et chanceler la face blême ;
Puis tout à coup crier : au chat !

Avec un bruit, un tel éclat,
Que vingt dévotes s'éveillèrent
Et leurs grands yeux écarquillèrent,
Craignant de voir bientôt venir
Un Dieu vengeur pour les punir
D'avoir au sermon pu dormir.
Or, voici quelle était la cause
De ce grand cri de désespoir ;
Le bon curé, venait de voir
Dans l'intervalle d'une pause,
Avec le secours de son trou,
Un énorme et méchant matou
Qui voulait griffer sa pitance
Et le réduire à l'abstinence ;
Ce qui ne faisait nullement
L'affaire de notre gourmand.
C'est pourquoi ce cri de détresse
Qui dut réveiller en sursaut
Son auditoire tout penaud
De se trouver pris en défaut.
Pour réparer sa maladresse
Le pasteur, dans ce qu'il prêcha,
Eut le soin d'arranger sa phrase
Pour dire ou crier souvent *cha*.
« *Cha*-cun de vous, dit-il avec emphase,
    « *Cha*-touilleux sur le point d'honneur,

« *Cha*-sserra de son noble cœur
« Une tentation funeste
« De s'emparer du bien d'autrui ;
« Je voudrais vous dire le reste,
« Mais vous voulez faire la sieste,
« C'en est assez pour aujourd'hui. »
Aussitôt, courant à l'office,
Exaspéré par la fureur,
Il inflige un cruel supplice
Au matou vorace et voleur.

Un jour que selon l'habitude,
Avec une béatitude
Digne des saints et des prélats,
Il digérait un bon repas
Varié de maigre et de gras,
Son sacristain, son acolyte,
Jeune abbé d'un mince mérite,
Tout essoufflé, vint l'avertir
Que vêpres venaient de finir,
Et qu'il fallait sans plus attendre
A l'église à l'instant se rendre,
Pour prêcher ses paroissiens,
Qui sont un peu voltairiens.
Notre homme entrouvant la paupière,
Pour se lever fait un effort,

Du grand jour craignant la lumière
Il ferme l'œil et se rendort.

« Allons, allons, pas de paresse,
« Levez-vous vite, le temps presse, »
Dit le pauvre abbé, tout honteux
De voir son zèle infructueux ;
Au bruit qui frappe son oreille
A demi le curé s'éveille,
Et répond d'un ton nasillard :
« Mais il est donc déjà bien tard ?
« Ah ! mon ami, quel sacrifice !
« Tu devrais me rendre un service,
« Celui d'aller prêcher pour moi ;
« Va, ce sera de bon aloi.
« Tu diras que je suis malade,
« Et tu lâcheras ta tirade ;
« Dis-leur ce qui te conviendra,
« Sans aucun doute on te croira :
« Prends ton texte dans l'Evangile,
« C'est là que toujours nous puisons ;
« Rien n'est plus commode et facile
« Pour composer de beaux sermons.
« Raconte-leur le grand spectacle
« Du désert, où par un miracle,
« Jésus, avec cinq poissons et cinq pains
« Bénis par ses divines mains,

« Nourrit, au nombre de cinq mille,

« Des gens affamés, sans asile.

« Voilà, je pense, un beau sujet,

« Qui doit produire son effet.

« Explique-leur la parabole,

« Enfle ton geste et ta parole,

« Fais quelques phrases en latin .

« Et ton succès devient certain. »

L'heureux clerc, plein de suffisance,

Prend un petit air d'importance,

Et promet de bien pérorer

Sur ce qu'on vient de lui narrer ;

Puis retourne vers l'assistance,

Qui commençait à murmurer,

Etant à bout de patience.

Mais voilà qu'après un instant

Il reparait tout haletant :

« Corbleu, que m'avez-vous fait dire ?

« Qu'on ne peut plus cesser de rire,

« Hurle-t-il, au curé surpris ;

« Ma tàche était pourtant facile,

« Je leur ai cité l'Evangile ;

« Voyons, me serais-je mépris,

« Ou ne m'auraient-ils pas compris ?

« Ces gens-là m'échauffent la bile.

« J'ai dit qu'avec cinq mille pains,

« Que Jésus bénit de ses mains,

« Cinq personnes furent nourries.

« Certes, je ne suis pas un sot ;

« Alors, pourquoi ces railleries ?

« J'ai tout répété mot à mot. »

— « Ah ! malheureux, quelle sottise !

« Reprit le pasteur vivement ;

« Tu leur as dit une bêtise.

« Allons retourne promptement,

« Pars au galop, remonte en chaire

« Et tu prêcheras le contraire :

« Rappelle-toi que c'est avec cinq pains...»

« Du tout, du tout ; je m'en lave les mains,

Dit le phénix des sacristains ;

« Celle-là me paraît trop forte,

« Je veux que le diable m'emporte

« Si je vais leur parler ainsi ;

« Du reste, ils ont bien assez ri.

« Si je tenais un tel langage

« Ils en riraient bien davantage. »

VII.

Au risque d'être un importun,

Je vais vous en faire encore un.

C'est un conte que je veux dire ;

Les autres vous ont-ils fait rire ?
Voyons, parlez-moi franchement ;
Je me soumets au jugement
Que sur mes vers vous pouvez faire ,
S'ils ont le tort de vous déplaire,
Que je sois forcé de me taire ;
Comme c'est un amusement
Je serai puni doublement.

C'était un beau jour, un dimanche,
Que les fillettes aiment tant,
Jour qui leur donne carte blanche
Et rend leur petit cœur content,
Jour d'église ou de promenade,
Suivant le temps plus ou moins beau ;
Où l'on pourra faire parade
De quelque ajustement nouveau ;
Un jour que l'ivrogne désire
Pour s'installer dans un bouchon ;
Jour où le débiteur respire
Et peut sortir de la maison ;
Jour de joujoux, de cabriole,
Où les heureux petits enfants
Ne sont pas conduits à l'école,
Et font enrager leurs parents.
Enfin, c'était un jour de fête,

Je crois déjà vous l'avoir dit,
Cependant je vous le répète
Pour le graver dans votre esprit.
Un prédicateur fort habile
(Ceci se passait à la ville),
Dans sa paroisse était cité
Par maints traits d'excentricité ;
On l'avait vu souvent en chaire,
Surexcité par la colère,
Interpeller ses auditeurs
Dans des termes moins que flatteurs.
Ce jour-là l'église était pleine ;
On dit qu'il pleuvait à torrents ;
Mais ne croyez pas les méchants,
La chose est loin d'être certaine.
J'arrive à mon prédicateur,
Qui devant pareille assistance
Sut déployer tant d'éloquence,
Qu'il convertit plus d'un pécheur.
Un seul paraissait insensible
Aux belles choses qu'il disait ;
On eût dit qu'il trouvait risible
Le brillant discours qu'il faisait.
C'était un beau fashionable,
Dont le lorgnon était braqué
Sur ce sexe trop adorable

Dont il voulait être un peu remarqué.
Il lui faisait de comiques grimaces
  Qu'il croyait beaucoup efficaces,
  Pour obtenir une faveur
  Ou subjuguer un tendre cœur.
  Les fillettes riaient sous cape
  Et n'écoutaient pas le sermon ;
  Le pasteur, à qui rien n'échappe,
  Changeant de couleur et de ton,
  Allait se facher tout de bon.
  Il menace de la vengeance
  Et de la colère de Dieu,
  Celui qui vient dans ce saint lieu
  Afficher son irrévérence;
  Puis, par un geste furieux
  Désignant l'homme à tous les yeux,
  Poussé par un excès de zèle,
  En ces termes il l'interpelle :
  « Vous, là-bas, Monsieur l'esprit fort,
  « Quel jour, Jésus-Christ est-il mort? »
  A cette indécente algarade ,
Notre dandy répond sans embarras :
« Puis-je citer le jour de son trépas?
  « Je ne savais seulement pas
  « Que le pauvre homme fût malade.»
  Chacun rit de cette boutade;
  Le prédicateur se moucha,

Avec grand bruit toussa , cracha,
Et , tout confus , il s'esquiva.

VIII.

Je vais retourner au village ,
C'est là qu'on trouve seulement
L'innocence du premier âge ,
Qu'en ville on cherche vainement ;
On y couronne des rosières
Qui sont heureuses et bien fières
De mériter l'insigne honneur
D'embrasser leur noble seigneur.
On voit la timide bergère
En robe de gaze légère,
Conduisant son petit troupeau ;
Et le candide pastoureau
Qui joue encor du chalumeau.
Des œufs, du fruit et du laitage
Sont leurs rustiques aliments.
Le dimanche , sous le feuillage ,
On danse au son des instruments.
Les vieillards boivent sous la treille
Le jus de la grappe vermeille,
Les jeunes, par leurs chants d'amour,
Charment les échos d'alentour ! ....

J'ai voulu vous faire une idyle,
Mais, hélas, ce n'est plus cela,
Au village, ainsi qu'à la ville,
Le vice a pris son domicile
Et, toujours, il y restera.

Un curé de joyeuse allure,
Bon vivant, s'il en fùt jamais,
Zélé disciple d'Epicure,
Savait boire et jouir en paix.
Aimant à faire sa partie,
Le plus souvent il se rendait
Chez un voisin qui l'attendait
Près d'une table bien garnie.
Un jour que les cartes en main
De jouer, il était en train,
Le bédeau, complaisant compère,
Avait l'ordre de l'avertir
De l'instant qu'il faudrait partir
Pour l'Église et monter en chaire;
C'est ce qu'il fit exactement;
Mais c'était malheureusement
Sur un coup de telle importance,
Pour tout bon joueur de piquet,
Qu'il peut bien, s'il n'a pas la chance,
Repic et capot être fait.

Aussi, d'une commune entente,
On convint de continuer
Le coup que l'on allait jouer,
Après le sermon , dont l'attente
Était cause du contre-temps,
Qui mit la partie en suspens.
Le curé, crainte de chicane,
Ses douze cartes empocha ,
Puis, prudemment, il les cacha
Dans les manches de sa soutane.
Ensuite, il fit un beau sermon
Sur l'enfer et sur le démon;
Il tonna contre la jeunesse
Qui n'allait jamais à la messe ;
Il flétrit la perversité
Des hommes, dont l'impiété
Bravait la colère céleste;
Mais je vous fais grâce du reste.
Le fait est qu'en gesticulant
Sur un ton aussi virulent,
Ses douze cartes s'envolèrent,
Et sur le sol s'éparpillèrent.
A ce spectacle inattendu,
Tout autre eût été confondu.
Mais lui, sans perdre l'assurance,
Profita de la circonstance

Pour finir, par un coup d'éclat,
Un discours passablement plat.
Par des paroles onctueuses ,
Interpellant quelques gamins,
Qui serraient déjà dans leurs mains
Plusieurs cartes malencontreuses ,
« Toi , dit-il , mon petit Simon ,
« Qui m'as l'air d'un sage garçon ,
« De ta carte , quel est le nom ?
« Moi , je tiens la dame de pique ,
« Répondit le joyeux luron.
« Et toi , mon brave Dominique?
« Moi , c'est le valet de carreau.
« Moi , l'as de cœur, dit un nouveau. »
Enfin, pas un de cette clique,
Qui , de la sienne exactement ,
Ne donnât le signalement.
Le curé , sur un ton caustique ,
Leur dit : « C'est très bien , mes enfants,
« Vous n'êtes pas trop ignorants.
« Maintenant , pour me satisfaire ,
« Vous allez réciter, j'espère ,
« La courte et pieuse prière
« Que vous enseignent vos parents. »
A cette demande indiscrète ,
Nos gamins courbèrent la tête;

Se regardant d'un air tout sot.
Mais leur langue resta muette,
Ils n'en savaient pas un seul mot.
« Eh bien, vous le voyez, mes frères,
« Quelle horrible perversité !
Fit le pasteur, l'air irrité :
« Tremblez, tremblez, pères et mères
« D'une telle précocité.
« Hélas ! j'ai fait l'expérience
« Avec ces cartes de malheur,
« Que le démon, dans sa fureur,
« Inventa pour l'humaine engeance,
« Vos enfants, sortant du berceau,
« Connaissent la dame de pique,
« L'as de cœur, le roi de carreau,
« Fredonnent la chanson bachique,
« Et ne savent pas un cantique !
« Dans ce siècle d'iniquité,
« Les fils seront dignes des pères,
« Ils ne sauront pas leurs prières,
« Mais ils connaîtront l'écarté. »
Après cette belle sortie,
Qui fit pleurer plus d'un enfant,
Le prédicateur triomphant
Courut reprendre sa partie.

IX.

Mais ne suis-je pas à Vichy ?
Ma Muse, un peu trop vagabonde,
Fera bientôt le tour du monde
Avant de se fixer ici.
Cependant, pour vous satisfaire,
Pour vous peindre tous les travers
Et les ridicules divers,
Elle a, je crois, beaucoup à faire
En m'inspirant ces mauvais vers.
Connaissez-vous le sucre d'orge,
Que l'on appelle ici *fameux* ?
Si vous en usez, c'est heureux,
Vous n'aurez plus mal à la gorge.
Il est alcalin, digestif,
Et surtout très appéritif,
D'après ce que dit l'étiquette,
Aussi tout le monde en achète.
Comme on ne voit qu'un seul soleil,
Ce sucre d'orge est sans pareil.
L'industriel qui le fabrique,
Ne trompe pas la foi publique,
Comme font tant d'autres marchands,
Qui ne sont que des charlatans.

Si vous lisez une vingtaine
Des prospectus qu'on sème ici,
C'est toujours la même rangaine
Sur les vrais produits de Vichy.
Chaque vendeur est seul sincère !
Accourez dans son magasin,
Mais n'allez pas chez son confrère,
Qui n'est qu'un petit cabotin.
A l'hôtel, au parc, dans la rue,
Que de papiers on distribue !
On vous en offre à chaque pas,
(Prenez toujours, on ne sait pas),
Vous en trouvez dans vos assiettes,
Vous en trouvez sur vos serviettes,
Vous en trouveriez dans vos lits,
Que je n'en serais pas surpris.
C'est le déluge des programmes,
Des annonces et des réclames.
Que de gens qui courent les eaux,
Sans aucune espèce de maux !
Les uns y vont pour se distraire,
D'autres, au bruit pour se soustraire;
Les coquettes, sur le retour,
Y vont courir après l'amour;
Le rentier de petite ville,
A d'orgueil un peu trop enclin,
Croit faire enrager le voisin,

Qui reste dans son domicile.
D'ailleurs, c'est la mode à présent
D'aller aux eaux; cela vous pose,
Dans votre quartier on en cause,
Et l'on vous croit beaucoup d'argent.
Une remarque que j'ai faite,
Et que vous pouvez faire aussi,
C'est qu'après dîner, à Vichy,
On est d'une santé parfaite,
On a le teint rouge ou vermeil,
Les yeux plus vifs qu'à l'ordinaire;
On dit que c'est la bonne chère;
C'est, peut-être, un coup de soleil.
Je dois vous dire en confidence,
Que je connais quelques baigneurs
Qui, pour faire un mois les seigneurs,
Font onze mois maigre pitance.
Allons, il est temps de finir,
Mes remarques fort indiscrètes
S'attaquent aux choses secrètes,
Cela ne peut vous convenir.
Je connais trop la bienséance,
Pour ne pas faire mon devoir,
Je vous tire ma révérence
Et vous souhaite le bonsoir.

MES LOISIRS

AUX

EAUX DE VICHY.

(SUITE)

Vichy, juin 1863.

RIDICULES ET TRAVERS.

Je vais encor rimer; c'est une maladie
Dont je voudrais guérir avec l'aide de Dieu.
Lecteurs, je ne veux pas faire une tragédie,
Etant trop petit saint pour hanter si haut lieu;
A moins de retrouver cette plume divine
Que possédaient jadis et Corneille et Racine,
Quand des feux du génie embrasant leur esprit
Dieu rendait immortel tout ce qu'ils ont écrit.

Je pourrais, cependant, faire comme tant d'autres,
Au risque, je le sais, d'être sifflé par vous,
Qui d'un air amical, comme de bons apôtres,
M'enverriez à l'école ou bien planter mes choux.
Un jour, il m'en souvient, j'ai voulu mettre en scène
Les classiques héros de l'histoire romaine;
En beaux alexandrins j'esquissais mon sujet.
Mais j'ai dû renoncer à mon brillant projet.
Melpomène en a ri, bien ri, je vous assure,
Mes vers ont déridé cette sombre figure,
Elle m'a dit alors, avec toute raison :
« Laissez là le poignard, laissez là le poison,
« Reprenez la marotte et, pour nous faire rire,
« Agitez ses grelots ; que Momus vous inspire,
« Ou, si vous préférez, accordant vos pipeaux,
« Chantez les bois, les fleurs, les prés et les ruisseaux.
« Faites des vers légers, écoutez Aristarque ;
« L'Océan n'est pas fait pour votre frêle barque.
« Contentez-vous d'un lac, dont l'eau couleur d'azur,
« Soit le riant miroir où se mire un ciel pur.
« Chantez les bons maris, les femmes infidèles,
« Les amants malheureux, les tendres demoiselles
« Qui voudraient une rose à la place du cœur
« Pour donner une feuille à chaque séducteur.

« Dévoilez les travers de notre humaine engeance,

« Humiliez l'orgueil, persiflez l'arrogance,

« Maniez la satire avec ménagement,

« Égratignez un peu, n'écorchez nullement. »

Or donc, pour obéir à la divine Muse,

J'abandonne la lyre et prends la cornemuse.

Je n'en tirerai pas des sons mélodieux ;

Si je vous divertis ce sera pour le mieux.

Voyons, sur quoi pourrai-je exercer ma satire ?

Parbleu ! sur les travers du pauvre genre humain ;

C'est un moyen, je crois, de vous faire sourire,

Et de vous amuser aux dépens du prochain.

Critiquer les travers !... j'avoue avec franchise

Que ce sera peut-être une rude entreprise.

Tout le monde a les siens. Lorsque j'écris des vers

Moi qui fais le Caton, n'ai-je pas mon travers ?

Et vous aussi, lecteurs, sans que cela paraisse

Vous en avez beaucoup, de différente espèce.

Vous possédez, Alcipe, un amour de piano,

Et lorsque quelqu'un vient vous faire une visite

Vous forcez votre fille à s'y mettre au plus vite
Pour jouer, en entier, l'éternel concerto;
Sans prendre nul souci de la pauvre victime
Qui trouve votre enfant un artiste sublime
Tout en lorgnant la porte et guettant le moment
De s'esquiver sans bruit et sans cérémonie,
Sous un prétexte usé vous fausser compagnie,
Et les nerfs agacés fuir l'horrible instrument.
N'est-ce pas un travers? Voyons, soyez sincère,
Quittez, pour un instant, votre rôle de père.

Vous, belle Maria, de qui tous les moments
Sont consacrés, dit-on, à lire des romans,
Ce malheureux travers, si vous n'êtes pas riche,
Dans le quartier Bréda peut vous changer en biche.
Vous prenez au comptant tout ce que vous lisez;
Vous maudissez le sort qu'en vain vous accusez
De la position qu'il vous fit sur la terre;
Au pauvre genre humain vous déclarez la guerre;
Vous rêvez un Arthur possédant des châteaux,
Un hôtel, un boudoir, un coupé, des chevaux,
Qui de tous ses trésors voulant vous faire hommage
Va venir au plus tôt vous prendre en mariage.

Hélas ! ce rêve d'or est l'enfant du sommeil,
Et la réalité vous attend au réveil
Pour montrer à vos yeux la modeste chambrette
Où le livre à la main vous soupirez seulette.
Déchirez les feuillets de ce livre imposteur
Qui trouble votre esprit et gâte votre cœur.
Des héros de roman on a perdu le type.
Les Arthur de nos jours culottent une pipe,
Boivent du fil-en-cinq en jouant au billard,
Et parlent un langage un peu trop égrillard.
Qu'ils soient riches ou non, leur amoureuse flamme
Ne brûle pas gratis pour les yeux d'une femme,
Il leur faut une dot, et toutes les vertus
Ne valent pas pour eux quelques bons sacs d'écus.

Vous avez vos défauts ainsi que vos mérites,
Ecoutez-moi, Madame, et ne vous fâchez pas ;
Vous passez votre vie à faire des visites,
Ce genre d'exercice a pour vous bien d'appas,
N'est-ce pas un travers, une chose futile
Que de se pavaner tous les jours dans la ville,
Pour aller voir des gens qui se moquent de vous,
Que vous ennuyez fort, ou mettez en courroux ;

Parce qu'en sa maison on a toujours à faire,

Lorsque avec sa famille on saura se complaire.

Ce passe-temps n'est bon que pour les grands seigneurs

Dont tant de parvenus sont les imitateurs.

Je le dis à regret, pourquoi cette manie

De singer à tout prix la bonne compagnie,

Lorsqu'on n'a pas reçu cette éducation

Qui des gens comme il faut fait la distinction.

Pourquoi, renchérissant sans le moindre scrupule,

Inventer une mode ou sale ou ridicule ?

Sale, je le répète, et c'est la vérité.

N'est-ce pas un délit de lèse-propreté,

Que cette mode absurde autant que détestable,

D'un certain lavabo qu'on place sur la table

Pour vous rincer la bouche ou vous laver les mains,

Et qui par le dégoût termine vos festins ?

N'est-ce pas une mode et sotte et ridicule

Que de ne plus user de l'ancienne formule,

Pour inviter quelqu'un, pendant le carnaval,

A quelque grand dîner ou bien à quelque bal ;

Dans l'invitation qu'on daignait vous écrire,

Vous compreniez jadis ce qu'on voulait vous dire,

Vous n'aviez pas longtemps à chercher, à penser,

Pour savoir que c'était pour manger ou danser,

Mais à présent, corbleu, par la mode nouvelle,
On prévient Monsieur tel ou Madame une telle
Que tel jour, à telle heure on restera chez soi.
Tout naturellement vous demandez pourquoi ;
Lorsqu'on reste chez soi, c'est que l'on est malade,
Que le ciel est couvert, qu'on est triste et maussade ;
Du tout, c'est une erreur, et vous n'en croirez rien.
Lorsqu'on reste chez soi, c'est qu'on se porte bien,
Et que l'on vous invite, en brillante toilette,
A sa table, à son bal, enfin à quelque fête.
Je le dis sans détour, de bon cœur j'en ai ri,
Et j'ai pensé de suite à Monsieur Choufleuri.

De mon sujet, sans doute, à plaisir je m'écarte,
Je vais y revenir, en vous portant ma carte,
Des visites, je crois, il était question ;
J'en blâmais les excès avec intention.
Qu'on aille visiter les personnes qu'on aime,
Rien de plus naturel, et j'agirai de même,
Excepté toutefois le premier jour de l'an.
Jour le plus mensonger et le plus charlatan !
Jour, où des habits noirs circule la cohue,
Où les habits brodés paradent dans la rue,

Où vous allez placer un morceau de carton,

Sur lequel l'imprimeur a gravé votre nom.

Jour, où les amoureux boudent à leurs maîtresses ;

Jour de souhaits menteurs, d'hypocrites caresses ;

Où votre vieux barbier vous rase proprement,

Et sur sa glace unique affiche un compliment.

Jour, où le serviteur, tant mâle que femelle,

Se lève bon matin et travaille avec zèle,

Où vos filleuls joyeux et désintéressés

Pour vous offrir leurs vœux arrivent empressés ;

Où la gent parasite, innombrable cohorte,

Vient du matin au soir assiéger votre porte.

Jour désiré, béni dans le camp des vendeurs,

Et mille fois maudit par tous les acheteurs.

Pourquoi la vanité, dans le siècle où nous sommes,

Vient-elle s'emparer de la plupart des hommes?

Le travers d'un ruban, n'importe de quel cru,

Chez les gens vaniteux est beaucoup répandu,

Le rêve de leur vie est d'être quelque chose,

Ils seront marguilliers en désespoir de cause.

Un sot ambitieux, par de petits moyens,

S'impose quelquefois à ses concitoyens,

Convoitant les honneurs, quand il a la fortune,
Sa nullité lui pèse et devient importune,
Sous le prétexte heureux d'être utile au pays,
Il veut éclabousser la foule et ses amis.

On dit des médiums et des tables tournantes,
Des choses sur ma foi qui sont bien surprenantes.
Y croyez-vous, lecteur, parlez-moi franchement?
Je vous dirai plus tard quel est mon sentiment.
On a fait là-dessus des livres remarquables;
Leurs auteurs seraient-ils des hommes raisonnables,
Ou bien ne seraient-ils que des spéculateurs,
Sur la crédulité des faciles lecteurs?
Si le doute est permis on daignera m'absoudre,
Je pose le problème, à vous de le résoudre.
Savez-vous que j'ai lu dans ces savants écrits,
Qu'on peut pour ses besoins évoquer les esprits
Qui se font un plaisir d'accourir au plus vite,
Lorsque vous désirez une prompte visite,
Vous avez les esprits tapageurs et frappeurs,
Les esprits ennuyeux et les esprits railleurs.
Vous en avez aussi de sensés et d'aimables,
Qui sans doute animaient des êtres estimables.

Vous pouvez évoquer ceux de l'antiquité,

Oh ! ne vous gênez pas, le fait est constaté.

Appelez près de vous Aristote, Hyppocrate,

Homère, Cicéron, Euripide et Socrate ;

De la Grèce et de Rome à ce commandement,

Tous ces divins esprits viendront exactement.

Vous voulez par hasard faire une tragédie ?

Vous évoquez Sophocle, et, pour la comédie,

Térence, Aristophane, heureux, à votre appel,

De guider votre plume et vous rendre immortel.

Voulez-vous en français traiter cette matière ?

Adressez-vous sans crainte à Racine et Molière.

Enfin, si vous voulez un jour vous amuser,

Invitez vos amis, et faites leur poser

Les mains sur une table, et sans cérémonie

La table tournera devant la compagnie ;

Elle valsera même au pas accéléré,

Avec un peu d'adresse et le parquet ciré,

(Prenez garde surtout qu'elle ne vous échappe),

Les coups que l'on désire à l'instant elle frappe ;

Puis, si vous l'ordonnez, elle fait plus encor,

Elle lève la patte aussi bien que Médor.

Par un froid rigoureux, lorsqu'il faut que l'on sorte

Pour aller voir quelqu'un et taper à sa porte,

Crainte de se gêler, on peut à la rigueur
Avoir recours alors à quelque esprit frappeur,
Avec qui l'on irait ses deux mains dans les poches
Distribuer aux sots de nombreuses taloches.
Trop heureux médiums, voyants intuitifs,
Qui forcez les esprits paresseux et rétifs
D'obéir sans murmure à vos moindres caprices,
Sans le secours d'en haut et sans nuls maléfices;
Si vos prétentions sont une vérité,
Dieu vous donne une part de sa divinité.
Le voile merveilleux qui cache son Empire,
Pour vous, simples mortels, s'entrouve et se déchire.

Oh! je n'ai pas fini, je veux encore en vers
Etaler à vos yeux bon nombre de travers,
Celui du vieux garçon et de la vieille fille,
Chez qui les chiens, les chats remplacent la famille;
Ajoutez-y souvent un gueux de perroquet,
Qui vous assourdira par son bruyant caquet.

Un travers dangereux que je ne saurai taire,
Est celui qui saisit plus d'un propriétaire.

On achète un domaine ; il n'est pas défendu
D'engager ses amis à voir son contenu.
Mais il n'est pas permis d'attirer son semblable
Dans un vrai guet-apens, par l'appas de la table.
Les crédules amis, ignorant leur destin,
Avec empressement se rendent au festin
Auquel on les invite avec beaucoup de grâce,
Arrivent affamés, tout joyeux on s'embrasse,
Ensuite en attendant l'heure du déjeuner
Et par monts et par vaux on les fait promener.
Il leur faut avaler les vignes et les terres,
Les bosquets, les jardins, les vergers, les parterres,
Les poules, les lapins, les cochons, les engrais,
A défaut du repas qu'ils n'avalent jamais !
Jamais n'est pas le mot ; brisés de lassitude,
Ils peuvent au retour, par la sollicitude
De leur Amphytrion, engloutir, dévorer
Tous les mets que pour eux il a fait préparer.

Je parle des amis, j'ignore s'il en reste
De vrais, depuis la mort de Pylade et d'Oreste.
La jeunesse expansive en fait cent coup sur coup,
Le pauvre en a fort peu, le riche en a beaucoup

Lorsqu'il tient bonne table et qu'on peut dans sa bourse
Trouver pour ses besoins une utile ressource.
Je pourrais vous citer l'ami de la maison,
Que tout prudent mari doit craindre avec raison ;
C'est lui qui s'introduit au sein de sa famille
Pour convoiter sa femme ou séduire sa fille.
Dans ce siècle égoïste où chacun vit pour soi,
Aux serments d'amitié n'ajoutez nulle foi.
Dans la prospérité, pour vous plein de tendresse,
Le soi-disant ami vous flatte et vous caresse,
Mange votre dîner, prodigue les grands mots,
Puis, au moindre revers, vous tournera le dos.

Pardonnez-moi, lecteurs, si ma muse à la ronde
Frappe sans crier gare un peu sur tout le monde ;
Je ne suis pas méchant, sans personnalité,
Je vous peins les travers de notre humanité.
Mon pinceau, j'en conviens, n'est pas toujours habile,
La main qui le dirige est à peu près débile,
Vous serez indulgents pour mes faibles tableaux
Qui ne sont après tout que l'effet de mes maux ;
Car j'ai dit que des vers j'avais la maladie,
Pour m'en débarrasser à vous je les dédie.

www.ingramcontent.com/pod-product-compliance
Lightning Source LLC
Chambersburg PA
CBHW061707180626
46818CB00003B/1299